शब्द माला
भाग-1

मान सिँह नेगी

XpressPublishing
An imprint of Notion Press

XpressPublishing
An imprint of Notion Press

Old No. 38, New No. 6
McNichols Road, Chetpet
Chennai - 600 031

First Published by Notion Press 2020
Copyright © Man Singh Negi 2020
All Rights Reserved.

ISBN 978-1-64805-317-7

This book has been published with all efforts taken to make the material error-free after the consent of the author. However, the author and the publisher do not assume and hereby disclaim any liability to any party for any loss, damage, or disruption caused by errors or omissions, whether such errors or omissions result from negligence, accident, or any other cause.

While every effort has been made to avoid any mistake or omission, this publication is being sold on the condition and understanding that neither the author nor the publishers or printers would be liable in any manner to any person by reason of any mistake or omission in this publication or for any action taken or omitted to be taken or advice rendered or accepted on the basis of this work. For any defect in printing or binding the publishers will be liable only to replace the defective copy by another copy of this work then available.

क्रम-सूची

1. संबंध — 1
2. मेट्रो कार्ड — 4
3. तंबाकू — 7
4. द्वारका ब्रांच — 9
5. साइकिल — 13
6. सेलिब्रिटी — 16
7. प्रकाशित पुस्तक — 19
8. फांसी भाग 2 — 23
9. अर्जी — 28
10. इक लड़की — 31
11. बेरोजगारो को निमंत्रण — 34
12. सफलता — 38
13. कर्मठ कर्मचारी — 41
14. दिल्ली की धुंध — 46
15. भगवान कृष्ण — 50

1
संबंध

लेखक मान सिँह नेगी

आज का विषय दोस्तों के वार्तालाप से लिया गया है जब शनिवार की दोपहर का दस्तरखान लगा हुआ था करीब 1:15 बजे.

तभी मनीष ने कहा आजकल पत्नी कहां इतना ख्याल करती है. अपने पति का. अब समय बदल चुका है.

जैसा कि पहले समय में होता था जी सुनते हो खाना तैयार है. जी सुनते हो जरा यह काम कर देना आदि.

इस बात को हम सुन पा रहे थे. परंतु उस वक्त हमने बोलना उचित नहीं समझा.

हालांकि हमें बोलना चाहिए था. चुप रहकर एक प्रकार से हमने गलत विचारधारा को, गलत अवधारणा को अपनी स्वीकृति दी.

जो कुछ समय पश्चात हमारे कोमल हृदय को उद्वेलित करने लगी.

हम अब वह सुअवसर खोज रहे थे.

मनीष की उस बात का जवाब देने के लिए. जो हमारे और हमारे मन को अंदर ही अंदर खाए जा रही थी.

जिसे हमारे अनुचित मन ने गलत अवधारणा को चुप रहकर अपनी स्वीकृति दे दी थी.

मनीष द्वारा बोली गई इस बात का खंडन करते हुए हमारे ही समूह से मुकेश कुमार ने उसकी पुरजोर वकालत की.

नहीं ऐसी बात नहीं है. आज भी पत्नी अपने पति का ख्याल रखती हैं.

आज भी वह अपने पति की चिंता करती हैं.

आज भी वह अपने पति की लंबी आयु की कामना करती हैं. आज भी वह पूर्णमासी का व्रत रखती है.

आज भी वह करवा चौथ का व्रत रखती है.

आज भी वह सावित्री की ही तरह व्रत एवं यज्ञ करके अपने पति के प्राण यमराज से मांगने का सामर्थ्य रखती है.

आज भी यदि हम घर देर से पहुंचते है. उसकी चिंता हीं है. जो उसके फोन आने शुरू हो जाते हैं. आप कहाँ हो?

आज भी पत्नी पति के लिए वह सब बातें कहती है. जो प्राचीन समय में कही जाती थी.

जो पत्नी के द्वारा अपने पति के लिए आज के समय मे भी कही जाती है.

आज भी वह पति के लिए वह सब बातें कही जाती हैं.

पत्नी के द्वारा जो प्राचीन समय में कही जाती थी.

अब हमारे उद्देलीत मन को अपनी बात रखने का मार्ग मिल गया था.

जो मन में यदि रह जाता तो अवश्य वह ज्वालामुखी या बारूद बन जाता.

जिससे सबसे ज्यादा नुकसान हमारा हीं होता.

हम धन्यवाद करते हैं अपने मित्र मुकेश कुमार का जिसने हमारे दिल में बैठे अस्वीकृत उत्तर को बाहर निकलने का अवसर दिया.

हमने उनकी वकालत का पुरजोर समर्थन किया.

हमने उस समर्थन को बढ़ावा देते हुए कहा शुरुवात के समय और विवाह के पश्चात 3 वर्ष पति एवं पत्नी के लिए परीक्षाएं वाला समय होता है.

जहां दोनों तरफ से एक दूसरे को समझने का भरसक प्रयास किया जाता है.

यह परीक्षा के 3 साल दोनों परिवार की कसौटी पर खरे उतरने का समय होता है.

जिसमें पति एवं पत्नी के रिश्ते कितने गहरा सकते हैं.

यह 3 साल, विवाह के पश्चात 3 साल पति एवं पत्नी के मधुर संबंध एवं सफलता के लिए बहुत महत्वपूर्ण होते हैं.

जितना समय गुजरता जाता है. जैसे जैसे औपचारिकता समाप्त होती जाती है.

? वैसे वैसे पति पत्नी के संबंध में दोस्ताना बढ़ता चला जाता है.

? वैसे वैसे पति पत्नी के संबंध मधुर संबंध में बदलते चले जाते हैं.

? वैसे वैसे पति पत्नी में दीया और बाती, मोमबत्ती और पतली रस्सी, सुई और धागे की तरह संबंधों में प्रगाढ़ता होती चली जाती है.

? वैसे वैसे पति और पत्नी के मधुर संबंध में गरम और नरम बिजली की तारों की तरह संबंध बढ़ते चले जाते हैं.

अब वे महज पति पत्नी नहीं अब वह भूल जाते हैं.वह पति पत्नी है.

अब वह उस मधुर गीत की तरह हो जाते हैं. जैसे एक हमसफर चाहिए जिंदगी के लिए.

अब वह एक दूसरे की परवाह करने लगते हैं. अब एक को चोट लगती है. दर्द का दूसरे को एहसास होता है.

वह एक दूसरे के इतना निकट आ गए हैं.

जैसे बूढ़े को लाठी, बोझिल नैनो को चश्मा, दिल को धड़कन, मन को एहसास की जरूरत होती है.

यही विवाह की विशेषता है. यही विवाह के मधुर संबंध है. यही पति पत्नी के बीच प्रगाढ़ता है.

यही पति पत्नी का पवित्र एवं सच्चा प्रेम है.

हमने भी इस पर स्वीकृति हुई देते हुए कहा मनीष अब आपकी समझ में आ गया होगा पति पत्नी का संबंध कैसा होता है?

आज भी पत्नी पति की परवाह करती है, चिंता करती है.

इतिश्री

2
मेट्रो कार्ड

लेखक मान सिँह नेगी

मिश्रा जी ने अक्सर गौर किया है लोगों को अपना समय व्यर्थ करना बहुत ही अच्छा लगता है.

ना जाने क्यों लोग अक्सर लंबी लाइन में लगकर टोकन खरीदते हैं. एक जगह से दूसरी यात्रा करने के लिए.

जबकि उन्हें पता है ग्राहक सेवा केंद्र से टोकन खरीदते वक्त खुले पैसों की भी किल्लत होती है.

कई बार खुले पैसों के लिए भी देर पर देर होती चली जाती है.

क्योंकि ग्राहक सेवा केंद्र के पास भी कुछ सीमित पैसों का जुगाड़ हीं होता है.

उसके बाद होती है यात्रियों एवं ग्राहक सेवा अधिकारी से लड़ाइयां.

यात्रियों को अक्सर कहते सुना जा सकता है कि तुम हमारे पैसे खा जाते हो.

खुले पैसे आपके पास होते हैं.

उसके बाद भी आप लोग सैलरी के साथ-साथ अपना गुजारा भत्ता एक एक या दो ₹2 करके निकाल लेते हो.

मिश्रा जी यह तो नहीं जानते इन कथनों में कितनी सच्चाई है.

लेकिन वह इतना अवश्य समझ गए हैं कि दिल्ली मेट्रो ने जो सुविधाएं यात्रियों को दी है.

वह वास्तव में लाजवाब है. सबसे पहले वह हर यात्रियों को यही सुझाव देते हैं. आप अपना मेट्रो कार्ड बनवाए.

मिश्रा जी भी इस बात से सहमत हैं एवं सब से यही कहना चाहते हैं.

आप मेट्रो कार्ड बनवाएं क्योंकि वह सीमित समय तक चलता है.

जैसे आप अपना मोबाइल रिचार्ज करवाते हैं. जब भी आप मोबाइल का इस्तेमाल करेंगे तब तब आपका पैसा कटेगा.

ठीक उसी प्रकार अपना मेट्रो कार्ड बनवा लीजिए और जब भी आपको सफर करना पड़े तो अपना मेट्रो कार्ड इस्तेमाल करना ना भूले.

मेट्रो कार्ड बनवाने से आपको लंबी-लंबी कतारों से छुटकारा मिल जाएगा.

इसके साथ-साथ आपका पैसा भी बचेगा.

आप मिश्रा जी की तरह स्मार्ट मैट्रो कार्ड का इस्तेमाल करने वाले बन जाएंगे स्मार्ट यात्री.

इस कार्ड का इस्तेमाल करने से सबसे बहुमूल्य चीज जो बचती है. वह है आपका बहुमूल्य समय.

इसलिए इस कहानी को पढ़ने के पश्चात अपनी गिनती भी स्मार्ट यात्रियों में करवाइए स्मार्ट कार्ड बनवा कर.

यदि आपके पास समय बर्बाद करने के लिए है.

तो मेट्रो टिकट लेने के लिए लाइन में लगे रहिए मुन्ना भाई.

मुन्ना भाई लगे रहिए लाइन में अपनी मेट्रो टिकट सफर यात्रा करने के टिकट लेने के लिए.

आधुनिक युग में सबसे बहुमूल्य चीज मानी गई है.

वह है, आपका बहुमूल्य समय क्योंकि समय पर ही सब कुछ निर्भर करता है

क्योंकि समय पर ही सब कुछ निर्भर करता है.

हर व्यक्ति सोचता है कम समय में कार्य संपूर्ण हो जाए और इसी का निधान निकालने के लिए मेट्रो कार्ड बनाने की व्यवस्था पर मेट्रो अधिकारी द्वारा भी लगातार घोषणाएं होती रहती है.

लेखक मान सिंह नेगी के विचार जो भी यात्री मेट्रो कार्ड बनाता है वह स्मार्ट यात्री कहलाता है.

वह स्मार्ट यात्री बनकर संदेश देता है. बहुमूल्य वक्त की कीमत को पहचान कर जो कार्य पूर्ण करता है. वही स्मार्ट कहलाता है. वही स्मार्ट यात्री कहलाता है.

अभी भी देर नहीं हुई है अभी भी आप अपना स्मार्ट कार्ड बनाकर स्मार्ट यात्री में अपना नाम दर्ज करवा सकते है.

इतिश्री

3

तंबाकू

धीमा जहर पीने वालों तथा चूसने वालों के लिए दुखद समाचार आ गया है.

बजट में सभी तंबाकू उत्पाद महंगे हो गए हैं.

अब आप लोगों के लिए मिश्रा जी का महत्वपूर्ण सुझाव है.

आप लोग अब दो की जगह एक ही रोटी खाना शुरू कर दे.

दूसरा आप बच्चों की पढ़ाई भी छुड़वा देना.

क्योंकि एक आप अपने शौक पूरे करें बिना नहीं मानेंगे.

यह मिश्रा जी को पता चल चुका है.

आप लोगों की बिगड़ैल आदत देखकर.

दूसरी तरफ कमाई कम और महंगाई ज्यादा होने के चलते कुछ बचता ही नहीं.

ऊपर से जो कुछ बचता है. वह तंबाकू का सेवन आपको आज नहीं तो कल कंगाल बना ही देगा.

यह कथन कड़वा है, परंतु सत्य है.

यहां तक वह आप की जीवन लीला कब समाप्त कर देगा आपको भी इसका अंदेशा ना होगा.

इसके पश्चात जीवन के रथ को खींचने के लिए कुछ ना कुछ कार्य अवश्य करने पड़ेंगे.

जिसके लिए घर से चौखट पार करनी पड़ेगी.

आप भली-भांति जानते हैं. समाज की गिद्ध भरी आंखें महिलाओं के साथ क्या नहीं करती?

यहां तक कि मुंह मैं दांत नहीं, पेट में आँत नहीं.

इसके पश्चात भी उनकी नजरें महिला को ऐसे घूर रही होती है.

जैसे वह उस महिला के साथ अंतरंग करते हुए चली जाती हैं.

जैसे यहाँ वह मधुर गीत याद आ रहा है. आंखों की गुस्ताखियां माफ करो.

सरकार का इन उत्पादों को महंगे करने का मकसद केवल यही है.

वह आप सबका अमूल्य जीवन बचा सके.

लेकिन जिसने कसम खा ली हो.

इस भूले बिसरे गीत की तरह खुद ही मर मिटने की यह जिद है हमारी.

तो से भगवान भी नहीं बचा सकता.

लेखक मान सिंह नेगी के विचार सरकार आम के आम गुठलियों के दाम ले रही है.

एक तरफ सरकार इन उत्पादों को महंगा करती है. दूसरी तरफ सरकार इससे टैक्स राजस्व कमाती है.

लेकिन अब समय आ गया है. जब हमें सोचना ही होगा तंबाकू उत्पाद हमारे लिए लाभकारी है या हानिकारक.

हमारी सेहत के लिए लाभकारी है या हानिकारक.

हमारे अर्थ के लिए लाभकारी है या हानिकारक.

हमारे परिवार के लिए लाभकारी है या हानिकारक.

यह निर्णय हमारा स्वयं अपने आपका ही होगा हम क्या चाहते हैं.

हम आपकी लंबी उम्र की कामना करते है. आप सब स्वस्थ रहे मस्त रहे.

तंबाकू का आज से हीं त्याग कर दे.

इतिश्री

4
द्वारका ब्रांच

जैसा कि आप सब जानते हैं द्वारका ब्रांच पर कभी हमारे गुरु बाउजी का दबदबा था.

परंतु सब इस बात से भलीभांति परिचित हैं. परिवर्तन संसार का नियम है.

उसी नियम के चलते आज उस स्थान पर हम अपने आप को मानते हैं.

हालांकि हम मानते हैं. हम आज अपने मियां मिट्ठू बन रहे हैं.

परंतु हम जानते हैं आज भी हम मे कार्य करने का बड़ा जज्बा है.

हमें हुनर है, काबिलियत है, योग्यता है, सामर्थ्य हैं.

हमारी सुदृढ़ योजनाओं की द्वारका ब्रांच में आज तूती बोलती है.

आज हमने अपने कठिन परिश्रम और योजनाबद्ध तरीके से कंपनी का ही नहीं अपने कार्य को भी इतना सरल बना दिया है.

जैसे एबीसी जैसे 1 2 3 कहते हैं.

सफलता उनके कदम चूमती है, जो जीवन में परीक्षाएं देने से नहीं कतराते. जैसे की हम.

सबसे पहले हम लक्ष्य निर्धारित करते हैं. सबसे पहले हम अपने लिए लक्ष्य निर्धारित करते हैं.

सबसे पहले हम प्रत्येक दिन अपने लिए लक्ष्य निर्धारित करते हैं.

उस लक्ष्य की प्राप्ति के लिए हम योजनाएं तैयार करते हैं.

उस लक्ष्य को कैसे प्राप्त करना है?

अपनी योजनाओं को प्रत्येक दिन नया रूप देते हैं.

हम संपूर्ण रूप से लक्ष्य निर्धारित कर योजनाबद्ध तरीके से उसे प्राप्त करने पर अपना ध्यान केंद्रित करते हैं.

जिसमें छिपा होता है हमारा कठिन एवं अथक परिश्रम.

जैसा कि हम अच्छी तरह जानते हैं. सफलता की सीढ़ी पर कदम रखने से पहले.

इन बिंदु पर अत्यधिक बल होता है.

हम आपको बता दें सफलता की सीढ़ी पर जो भी पहुंचता है.

वह अ और स शब्दों को बखूबी जानता है.

वह जानता है यदि सफलता की सीढ़ी पर पहुंचा जा सकता है.

तो इन शब्दों को अपना परिचित बनाना ही होगा.

क्या आप इन दोनों शब्दों से परिचित हैं?

आपके जवाब देने से पहले हम आपको बता दें.

इसका जवाब सिर्फ वही दे सकता है जिसने तनाव को झेला है.

जिसने जिम्मेदारियों को उठाने का साहस दिखाया है.

जिसने कार्यभार के दबाव को संभालते हुए कार्य को सफलतापूर्वक अंजाम दिया है.

जिसमें काबिलियत हो अपने एवं दूसरे को नेक सलाह देने की.

जिसमें योग्यता हो दूसरे को प्रोत्साहित करने की.

जिसमें कला हो दूसरे के काम के प्रति सजग करने की.

जिसने अन्य की अनुपस्थिति में स्वयं कार्यभार संभालने का जज्बा हो.

जिसमें दूसरे की परेशानियों को समझने वाली भावनाएं हो.

जो अपने कार्य को पूजा समझता हो.

जो प्रत्येक दिन अपने कार्य को नई दिशा देता हो.

जो प्रत्येक क्षण अपने कार्य से प्रेम करता हुआ उसकी गहन समीक्षा करता हो.

जो तुरंत निर्णय लेने का माद्दा रखता हूं. जो बेधड़क सही को सही और अनुचित को गलत ठहराने की हिम्मत रखते हो.

इसमें सबसे महत्वपूर्ण पहलुओं पर ध्यान देना अत्यंत आवश्यक है.

जैसे हमने शुरू में ही सफलता प्राप्त करने के लिए समझाया एवं पूछा था.

अ और स दो शब्द किस प्रकार सफलता से जुड़े हुए हैं.

ये दो शब्द किस प्रकार व्यक्ति को सफलता की तरफ ले जाते हैं.

ये दो शब्द किस प्रकार सफलता की सीढ़ियां बनाते हुए ऊंचाइयों तक ले जाते हैं.

एक व्यक्ति को किस प्रकार में कामयाब बनाते हैं, ये दो शब्द.

❤ कई असफलताओं के पश्चात सफलता प्राप्त होती है?

क्या आपने यह सुना है?

यदि नहीं तब आप जान ले थॉमस एडिसन उनमें से एक थे.

❤ तब आप जान ले मुंशी प्रेमचंद उनमें से एक थे.

इसके पश्चात स शब्द की बारी आती है.

❤ स तात्पर्य है असफलताओं से सबक सीखते हुए सीढ़ी को बनाते हुए सुविधा पूर्वक चढ़ते चले जाना हीं सफलता कहलाती है.

यही दो शब्द सफलता की सीढ़ियों को बनाने में मददगार साबित होते हैं.

❤ हम आपको बता दें हम में निर्णय लेने की बड़ी गजब की क्षमता है.

❤ हम अपने सहयोगियों एवं मददगार को सही दिशा दिखाते हैं.

❤ हम अपने साथ रह रहे छोटे एवं बड़े अधिकारियों का मार्गदर्शन करना भी नहीं भूलते.

❤ सबसे मुख्य बात हम जो भी कार्य करते हैं. स्पष्ट वादी की तरह बेखौफ निर्णय लेते हुए.

हम किसी की भी कड़ी शब्दों में निंदा करने मे संकोच नहीं करते.

❤ हमारे व्यवहार की काबिले तारीफ यह बात भी रहती है.

हम व्यवहार से सख्त के साथ-साथ मुलायम हृदय भी रखते हैं.

जिसके चलते हम अपने समस्त कार्य योजनाबद्ध तरीके से करते हैं.

यही कारण आज द्वारका ब्रांच में हमारे तूती बोलती है.

जिसके कारण द्वारका ब्रांच में हमारे प्रशंसनीय कार्यों की तूती बोलती है.

लेखक मान सिंह नेगी के विचार दोस्तों हमें माफ करना हम आज पहली बार अपने विषय में खुलकर बातचीत कर रहे हैं.

यकीन मानिए हमारे प्रयास में कभी भी कोई कमी नहीं रही.

यदि रहती है उसे हम दिन-प्रतिदिन समीक्षा और गहन विचारों के माध्यम से सही दिशा में अपने आप का मार्ग प्रशस्त करते चलते हैं.

हम विश्वास करते हैं चुपचाप कार्य को करते रहने में जिससे की सफलता अपने आप शोर मचा दे.

यही सफलता का मूल मंत्र है.

यही हमारी सफलता का मूल मंत्र है.

द्वारका ब्रांच का आला अधिकारी

मान सिंह नेगी

लेखक मान सिंह नेगी

इतिश्री

5
साइकिल

जैसे हमने कहा हमें दोस्ती बढ़ाने और दोस्त बनाने में आनंद नहीं मिलता।

हमें आनंद आता है हमें दिली खुशी मिलती है।

चाहे वह अनजान व्यक्ति हो या जाना पहचाना परिचित व्यक्ति।

उन सभी से यार दोस्तों से लोगों से वार्तालाप करने में हमें बेतहाशा खुशी मिलती है।

आज दिनांक 19 दिसंबर 2019, की प्रातः धुंध भरे दिल्ली की सड़कों से गुजरते वक्त हमारे एक मित्र ने अपने दर्दे दिल की बात कुछ इस प्रकार व्यक्त की।

हम अक्सर अपने साथ कार्यरत सुरक्षा कर्मचारी को समय से 15:20 मिनट पहले छोड़ देते हैं।

परंतु वह हमें कभी भी पहले नहीं छोड़ता।

मैं अक्सर अपनी ड्यूटी पर देर से ही आता है।

यह अच्छी बात नहीं है सर हमने भी उसके दर्दे दिल की बात को समझते हुए उसके दर्द-ए-दिल को बांटते हुए हां से हां मिलाते हुए अपने विचारों को इस प्रकार व्यक्त किया।

यदि वह जल्दी नहीं आ सकता तब उसे कम से कम अपने समय पर अवश्य आना चाहिए।

उसे भी अपनी दरियादिली दिखाते हुए आपको जल्दी छोड़ देना चाहिए.

यह आपकी समझदारी है. यह आपका बड़प्पन है.

जो आप उसे चाह कर भी यह तक नहीं कहते कम से कम अपने समय पर आ जाया करो.

उस पर उसका यह तुर्रा साइकल अपनी सवारी है. झट से उठाया और पहुंच गए अपने गंतव्य स्थल पर.

हमें यह शब्द सुनकर हंसी आ गई.

परंतु हम कहीं ना कहीं यह अच्छी तरह समझ रहे थे.

हमें उसके दर्दे दिल का दुख बांटना है.

हमें उसके दर्दे दिल का दुख कम करना है.

हमने कहा भाई साहब कोई बात नहीं.

आपकी अच्छाई आपके अच्छे कर्म आपकी नेकिया आपको आने वाले समय में अच्छे ही प्राण परिणाम देगी.

कभी कभी जिंदगी में छोटी-छोटी बातों को नजरअंदाज कर देना बेहतर होता है.

अगर सुकून से रहना चाहते हो.

यदि सुकून से जीना चाहते हो.

तब नजरअंदाज करना सीख लो.

तब दिल से बातों को लगाना छोड़ दो.

कुछ कर्मचारियों का मानना होता है

वह कार्यालय में 15 से लेकर 30 मिनट तक देरी से पहुंचेंगे. उससे क्या फर्क पड़ता है?

कुछ कर्मचारियों का मानना यह भी होता है. 20:20 खेल लिया जाए. इससे बेहतर विकल्प कुछ नहीं होगा.

20:20 से अभिप्राय कार्यालय मे 20 मिनट देरी से पहुंचा जाए.

और कार्यालय को 20 मिनट पहले छोड़ दिया जाए.

इससे बेहतर विकल्प कुछ नहीं हो सकता.

हर व्यक्ति की अपनी अपनी सोच है.

आप परेशान ना हो भलाई का बदला भलाई मिला है.

यह और बात है उनकी अपनी सवारी साइकल भी उनके इशारे को समझते हुए 15 से 20 मिनट देरी से ही पहुंचाती है.

लेखक मान सिंह नेगी के विचार हम साइकल ही नहीं हम साइकिल ही नहीं समस्त वाहन चालक से अनुरोध करते हैं.

वह तय समय की अवधि से 15 से 20 मिनट पहले घर से निकले जिससे वह समय सीमा पर कार्यालय पहुंच सके.

परंतु सनद रहे कार्यालय को कार्यालय समय अनुसार ही छोड़े.

इतिश्री

6
सेलिब्रिटी

आज बुधवार दिनांक 18-12-19, के प्रातः हमारे फोन की घंटी ने हमें इस प्रकार आनंदित कर दिया.

जैसे बच्चे नए नए कपड़े पहन कर आनंदित होते है.

जनाब आज तड़के हीं हमारी बहन छोटी बहन का फोन आया.

जिसे हमने पहचान लिया. क्यूंकि उसका नम्बर हमारे फोन मे पहले से हीं मौजूद था.

हमने अपनी छोटी बहन से इस प्रकार पूछा जी बताइए आपको किससे बात करनी है?

हमने आपको पहचाना नहीं. वह बोली भैया नमस्ते. हमने कहा आपको किससे बात करनी है?

वह बोली भैया क्यों मजाक कर रहे हो?

मैं आपकी आवाज पहचान गई हूं.

हमने कहा नहीं हमने आपको नहीं पहचाना.

हम वास्तव में सही कह रहे हैं.

हमने आपको नहीं पहचाना आप कौन बोल रही हैं?

आपको किससे बात करनी है? यह बात हम दोहराते रहे.

वह बोली भैया हम जानते हैं आपके किताब छप गई है.

हमने कहा जब आप जानती हैं.

हमारी किताब बन छप गई है.

जब हम एक सेलिब्रिटी हो गए हैं.

क्या आपने हमसे व्हाट्सएप से मिलने का समय लिया है?

क्या आपने हमसे मुलाकात करने के लिए कोई दिन, कोई तारीख कोई समय लिया है.

यदि नहीं तो आप यह कैसे भूल गई. जो कल तक आपका भाई मामूली इंसान था आज वह सेलिब्रिटी हो चुका है.

तब हमारी बहन हमारी छोटी बहन ने हंसते हुए कहा, मुस्कुराते हुए कहा, खिलखिलाते हुए कहा.

भैया अभी तो एक ही किताब छपी है.

यदि यह अनेक किताबें छप जाए आप तो हमें भी भूल जाओगे.

परंतु इस बात को सुनकर हम कितने भी अजनबी बन रहे थे.

हमें अपने हंसी के लड्डू, हंसी के गुब्बारे फोड़ने ही पड़े.

वह जब फूटे तो हमारे मुंह से निकला.

अभी तो हम कुछ भी नहीं है.

अभी तो हम सेलिब्रिटी की एक सीढ़ी भी नहीं चढ़े. तब हमें इतना अभिमान हो रहा है.

हमें अपने आप पर गुमान हो रहा है. हम अपने आप पर गौरवान्वित हो रहे हैं.

आज हो सकता है जिस प्रकार राजा परीक्षित के सिर पर मुकुट पर कलयुग बैठ गया था.

उसी प्रकार आज हमारे सर पर भी कलयुग बैठकर हमसे इस प्रकार की बातें करवा रहा है.

लेकिन हमें ज्ञात है यह कलयुग समाप्ति की ओर है. आज संगम युग का आरंभ हो चुका है.

जिसके चलते हम आपको यह बता देना चाहते हैं.

चाहे हम सेलिब्रिटी भी हो जाए हमारे रिश्ते जो थे जो है वही रहेंगे.

हमारे मित्र हमारे दोस्त हमारे पाठक हमारे सगे संबंधी हमारे रिश्तेदार हमारे अड़ोस पड़ोस जितने भी सब लोग हैं.

हम उनके लिए वही बबलू रहेंगे.

हम उनके लिए कभी भी अपने व्यवहार में परिवर्तन नहीं ला सकते.

हम जैसे आज हैं हम वैसे ही रहेंगे.

हमारे व्यवहार में किसी प्रकार की परिवर्तन नहीं आ सकता.

यह बात और है कि हम आज से अभी से इसी वक्त से प्रतिष्ठित लेखक अवश्य कहलाएंगे.

हम धन्यवाद करते हैं हम आभार प्रकट करते हैं.

उन सब का जिन्होंने हमें इस मुकाम तक पहुंचाया है.

जिन्होंने हमें रचनात्मक संसार में अपना नाम लिखने का अवसर दिया है.

अपने नाम मान सिंह नेगी के आगे लेखक मान सिंह नेगी लिखने का सुअवसर दिया है.

हम धन्यवाद करते हैं हमारी मैम का Anju Ann Mathew का.

जिन्होंने हमें ख़ाक से उठाकर फलक पर बैठा दिया है.

जिस मंच के लिए आज तक हम तरस रहे थे. उस मंच को हमारे लिए आसान बना कर हमारी पुस्तकें प्रकाशित की है.

उसके लिए हम दिल से तहे दिल से उनके शुक्रगुजार है.

शुक्रगुजार थे, शुक्रगुजार हैं, शुक्रगुजार रहेंगे ताउम्र मरते दम तक.

लेखक मान सिंह नेगी के विचार हम यदि सेलिब्रिटी हो भी जाएं तब भी हमारे व्यवहार में कोई परिवर्तन नहीं आएगा.

हां इतना अवश्य कहते हैं इतना अवश्य अपने आप से वादा करते है.

हम अपने आप से अवश्य हीं प्रतिबद्ध रहेंगे.

हजारों लाखों करोड़ों अरबों लोगों का भला करेंगे यदि हम एक सुदृढ़ व्यक्तित्व के रूप में उभर कर आए.

यह हमारी प्रतिबद्धता है हम अपने आप से, अपने वचन के लिए प्रतिबद्ध हैं, वचनबद्ध हैं.

यदि हम सशक्त रूप में उभर कर आए.

अर्थ से सशक्त होकर उभर कर आए.

तो हम हजारों लाखों करोड़ों अरबों लोगों का भला करेंगे.

इतिश्री

7
प्रकाशित पुस्तक

आज हम आभारी हैं नोशन प्रेस के जिन्होंने हमारी पुस्तकें प्रकाशित कर हमारा नाम लेखक के रूप में स्थापित किया है।

आज हम अपने आप पर गर्व के बिना नहीं रह पाते. आज हमने सफलता का वह स्वाद चखा है. जिसे पूर्ण करने में हमारी मैम Anju Ann Mathew, ने हमें संपूर्ण सहयोग किया है।

आज हमारी लगभग 92 पुस्तकें प्रकाशित हो चुकी है. जिनमें से चार के नाम बताना अत्यंत आवश्यक है।

जिससे पढ़ने वाले उन पुस्तकों को अमेजॉन और फ्लिपकार्ट से खरीद कर अपनी रुचि को पढ़ने की रुचि को और भी सरल सुगम बना सकें।

हम जब भी अपने मित्रों को यह संदेश देते हैं. जब भी हम अपने मित्रों को यह बताते हैं. हमारी किताबें प्रकाशित हो चुकी हैं. आप उन्हें खरीद कर पढ़ सकते है. जो Amazon aur flipkart पर उपलब्ध है।

तब वे पुस्तक खरीदने की बजाय।

हमें अपना अंगूठा दिखा देते हैं।

हमारी किताब को देखते हुए. यह अंगूठे देखते-देखते हमारी नजरें हमारी नयन थक से गए हैं।

हम चाहते हैं हमारी पुस्तक अनुभव का संपूर्ण अनुभव पाठकों को मिले।

जिससे वह अपने जीवन को एक सही दिशा दे सकें.

हमेशा अनुभव बहुत ही महत्वपूर्ण होते है.

जैसे हमारे माता पिता जी अनुभव से भरे होते है.

वह हमें सही मार्गदर्शन करते हैं.

वह हमें बताते हैं क्या हमारे भविष्य के लिए उचित है. और क्या हमारे भविष्य के लिए अनुचित है.

हम पाठकों के लिए माता-पिता तो नहीं है.

परंतु हम इतना अवश्य कहेंगे हमारे अनुभव पुस्तक में हमारे 18 साल का अनुभव छिपा हुआ है.

हम अध्यापक भी नही है. हम विचारक है, गहन विचारक.

एक बार आप हमारी अनुभव पुस्तक खरीद कर देखिए उसमें 1 से लेकर 25 भाग हैं.

हमें उम्मीद है आपको हमारे अनुभव निराश नहीं होने देंगे.

हमारे अनुभव आपको ऐसे अनुभव देंगे जिससे आप भी आगे निकट भविष्य में अपने अनुभवों को दूसरों मे बांट सकें.

इसके पश्चात प्रकाश पुंज पुस्तक में किस प्रकार हमारे अंतर्मन में प्रकाश प्रकाशित हुआ.

वह अंतर्मन द्वारा प्रकाशित मन दुनिया को प्रकाशित करने के लिए प्रकाश पुंज की रचना के रूप मे प्रकाशित हो गया.

अब वह दूसरों के जीवन को प्रकाशित करने के लिए निकल पडा है.

जिससे दूसरे का अंतर्मन भी प्रकाश पुंज के माध्यम से प्रकाशित हो सके.

इसके पश्चात हमारी ज्ञान ज्योति पुस्तक आपका दिल मोह लेगी.

जिसमें हमने बताया है अनुभव और प्रकाश पुंज के माध्यम से जो अंतर्मन में विचार उठते हैं.

उन विचारों को ही हमने ज्ञान ज्योति का नाम दिया है.

इसके पश्चात हमारी पुस्तक नेक सलाह आपके लिए ही बनी है.

इसमें समझाया गया है नेक सलाह का हमारे जीवन में कितना महत्व-प्रभाव होता है.

उदाहरण के लिए देखिए समझिए जानिए पहचानिए.

किस प्रकार माता पिता जी हमसे बोलते हैं बचपन में बाल्यावस्था में कहते हैं बेटा पढ़ लो.

कुछ इन नेक सलाह पर इन छोटी परंतु प्रभावित नेक सलाह पर इन छोटी परंतु महत्वपूर्ण सलाह पर समय रहते ध्यान देते हैं. कान देते हैं, कान रखते हैं.

जो भी इन छोटी परंतु महत्वपूर्ण नेक सलाह पर ध्यान देता है.

वह वास्तव में सफल व्यक्ति के रूप में उभर कर आता है.

कामयाब व्यक्ति के रूप में उभर कर आता है. सफलताएं उनके कदम चूमती हैं.

हमने अपने प्रकाशित पुस्तकों के चारों नाम आपकी जानकारी के लिए बता दिए हैं.

चलते चलते हम अपनी चारों पुस्तकों के नाम पुनः दोहरा देते हैं.

जिससे आपके मन में किसी प्रकार की भी कोई शंका ना उपजे.

? अनुभव

? प्रकाश पुंज

? ज्ञान ज्योती

? नेक सलाह

हमें उम्मीद है ये पुस्तके केवल अलमारी तक ही सीमित नहीं रहेंगी.

जिस दिन ये amazon और flipkart ke store से निकलेगी. उस दिन से बहुत से पाठकों का जीवन सवरेगा.

हमें उम्मीद है पाठक पढ़ने में रुचि रखने वाले पाठक इन्हें खरीद कर अपने ज्ञान में वृद्धि करना अवश्य चाहेंगे.

इसी उम्मीद के साथ हम यह कहना चाहते हैं.

हम नौसिखिया लेखक, की मेहनत को कितना प्यार मिल सकता है.

वह आपके पढ़ने की रुचि ही हमें दर्शा सकती है.

आपने ना जाने कितनी पुस्तकें आज तक पढ़ी होंगी ना जाने कितने विचार आपके मन में कौंध रहे होंगे.

परंतु इस वक्त जो हमारे मन में विचार कौंध रहा है.

वह है एक अनुरोध आप हमारी पुस्तकें खरीद कर अपने ज्ञान में वृद्धि अवश्य कीजिए.

अब देखना यही शेष रह जाएगा कितने पाठक, कितने मित्र हमें हमारी किताब पढ़ने के लिए अपना स्नेह देते हैं.

जिससे हम कह सकें हम आज संपूर्ण रूप से रचनात्मक संसार में नौसिखए से महान लेखक के रूप में स्थापित हो गए हैं.

हमारी आने वाली पुस्तक

शब्द माला एवं रंग-बिरंगे है.

आप सब से अनुरोध है आप हमारी पुस्तकें खरीद कर अपनी सबसे बड़ी ख्वाइश पढ़ने की ख्वाहिश पढ़ने की रुचि को पूर्ण कर सकते हैं हमें उम्मीद है.

आप हमारे अनुरोध को स्वीकार अवश्य करेंगे.

शेष हम आप सब पाठकों एवं राधे रानी कृष्ण की कृपा पर छोड़ देते है.

इतिश्री

8

फांसी भाग 2

आज बलात्कार को लेकर पूरे देश में हाहाकार मचा हुआ है.

परंतु सब कुछ जानते हुए, समझते हुए.

उसे रोकने के लिए, नियंत्रण करने के लिए.

आज भी कठोर सजा के माध्यम से सख्त कदम नहीं उठाए जा रहे.

जिसकी वजह से दरिंदों के हौसले जघन्य अपराध को अंजाम देने मे बढ़ते हीं जा रहे है.

दुष्कर्म बलात्कार एवं जघन्य अपराधों को लेकर नेताओं ने बलात्कार की नई परिभाषा से देश एवं राजधानी को गढ़ा है.

राहुल गांधी ने देश को रेप इन इंडिया कहा.

जिसकी आलोचना पूरा देश करता है.

जिसकी भर्त्सना हम कड़े शब्दों में करते हैं.

राहुल गांधी से जब लोकसभा में सत्ता पक्ष की महिला सांसदों ने एक जुट होकर माफी मांगने के लिए कहा.

तब राहुल गांधी ने कहा मैं माफी नहीं मांगूंगा.

हां यह कहा जा सकता है.

मौजूदा सरकार के कुछ परियोजनाएं संपूर्ण रूप से असफल हो गई है.

परंतु एक सुलझे हुए नेता से अपने ही देश के लिए इस प्रकार के शब्दों की आवाम कल्पना तक नहीं करती.

जिन्हें वे आसानी से बोल जाते है.

जब राहुल गांधी पर पूर्ण रूप से महिला पक्ष ने माफी मांगने के लिए दबाव बनाया.

राहुल गांधी ने माफी मांगने की बजाय उसका प्रत्युत्तर नरेंद्र मोदी के पुराने भाषण का वीडियो दिखा कर दिया.

जिसमें नरेंद्र मोदी ने दिल्ली को रेप कैपिटल कहा था.

यह भी एक नेता द्वारा कहा जाना निंदनीय हीं कहा जाएगा.

आवाम सिर्फ यह कहना चाहती है.

ना हमारा देश रेप इन इंडिया है.

ना ही हमारी देश की राजधानी दिल्ली रेप कैपिटल है.

हाँ कुछ असामाजिक तत्व महिलाओं के साथ जघन्य अपराध करने मे मशरूफ है.

जिन्हें मृत्युदण्ड देना अत्यन्त आवश्यक है.

क्या कोई netaa.एकदिन मे जघन्य अपराध करने वालों को सजाए मौत का कानून नही बनवा सकता.

जब एक दिन मे नेताओ की तनख्वाह मे बढ़ोतरी हो सकती है.

तब महिलाओं के साथ हो रहे जघन्य अपराध मे अपराधी को एक हीं दिन मे मृत्युदण्ड क्यूं नही दिया जा सकता.

हाँ इतना अवश्य है. आज आवाम आपसे माफी मांगने की उम्मीद कतई नहीं करता.

आज आवाम दुष्कर्म, बलात्कार, जघन्य अपराधों को लेकर अपनी आवाज बुलंद करते हुए मांग कर रही है.

आप दोनों माननीय नेताओं के द्वारा कहे गए शब्दों के अनुसार.

आप दोनों माननीय नेताओं के कथनानुसार यह जग जाहिर होता है.

आप सब को भी मालूम है.

किस प्रकार से महिलाओं के प्रति जघन्य अपराधों में दिन-प्रतिदिन पूरे देश में बढ़ोतरी होती जा रही है.

यह कभी नही हो सकता यदि मुर्गा बंग ना दे तो सवेरा नही होगा.

आज यदि संभव है तब आज से ही लोकसभा राज्यसभा में स्वाति मालीवाल की मांगों को सहर्ष स्वीकार तत्काल रुप से कर लिया जाए.

आज यदि संभव है तब लोकसभा एवं राज्यसभा में सभी राजनीतिक दल महिलाओं के प्रति हो रहे दुष्कर्म में.

महिलाओं के प्रति हो रहे जघन्य अपराधों में सजाएं मौत को अमल मे तुरंत प्रभाव से त्वरित न्याय के अन्तर्गत लाया जाए.

महिलाओं को बर्बरता पूर्ण मारने वाले मामलों में अपराधियों एवं दोषियों को तुरंत प्रभाव से त्वरित न्याय के अंतर्गत फांसी की सजा मुकर्रर हो.

आज आवाम स्वाति मालीवाल के अनशन को एक सफल प्रयास के रूप में देखती हैं.

जिसने अपने जीवन को महिलाओं की सुरक्षा के लिए दांव पर लगा दिया है.

उन्होंने मांग की है त्वरित न्याय के तहत महिलाओं के साथ जघन्य अपराध करने वालों को 21 दिन के अंदर फांसी का प्रावधान कानून के द्वारा अत्यन्त आवश्यक है.

वह भी यह सोचे बिना कि उसका समाज में क्या रुतबा है.

आवाम स्मृति ईरानी के बयान को भी तवज्जो देती है.

जिसमें उन्होंने कहा राहुल गांधी द्वारा कहे गए रेप इन इंडिया जैसे शब्द महिलाओं और देश का अपमान है.

आवाम स्मृति ईरानी के इन शब्दों से पूर्ण रूप से सहमत है.

बावजूद इसके आवाम स्मृति ईरानी से विशेष अधिकार रखते हुए.

अपनी प्रार्थना डरते हुए शब्दों में कह रही है.

स्मृति ईरानी आप स्वाति मालीवाल के अनशन पर भी ध्यान देकर महिलाओं को इन अपमानों से बचा लीजिए.

वह 21दिन का प्रावधान कर रही है. आप तुरंत प्रभाव से या 21 दिन के अंदर हीं अंदर अपराधियों को सजाएं मौत की कानून बनवा दीजिए.

आवाम का विशेष अनुरोध आप से. जिससे महिलाओ का देश मे अपमान ना हो सके.

आप स्वयं देखा रही है.

दिन प्रतिदिन महिलाओं के साथ बड़ी तादाद मे घिनौने अपराध हो रहे है.

जिनकी जानकारी आवाम को नेताओ की तकरार से पता चल रहे है.

दोनों नेताओ की बयानवाजी से पता चल रहा है.

समस्त राजनैतिक दल महिलाओं के प्रति हो रहे दुष्कर्म से भली भांति अवगत है.

फिर क्या वजह है इन खूंखार अपराधियों को कोई भी राजनैतिक दल सजाएं मौत दिलवाने के लिए प्रयत्नशील नही है.

ना हीं देश के नेता इतने संवेदनशील मुद्दे पर नए कानून को लागू करने को तैयार है.

जिसमें इन बलात्कारियों को सजाए मौत सुनिश्चत हो सके.

आप स्वयं एक माननीय नेता है.

समस्त माननीय नेता समस्त राजनीतिक दल से आवाम गुहार लगाती है.

देश को रेप इन इंडिया, देश की राजधानी दिल्ली को रेप कैपिटल ना बता कर.

पूरे देश में जहां भी बलात्कार हो रहे हैं. जहां भी जघन्य अपराध हो रहे हैं.

या जो कैदी दोषी अपराधी बलात्कार के मामले में जेलों में सजा काट रहे हैं.

उन्हें भी एक-एक करके तुरंत प्रभाव से फांसी मुकर्रर कर दी जाए.

इसके साथ-साथ स्वाति मालीवाल के अनशन को भी ध्यान में रखते हुए उनकी मांगों के मद्देनजर बलात्कारियों को तुरंत प्रभाव से 21 दिन के अंदर सजा-ए-मौत का प्रावधान हो.

जिससे पूरे देश में महिलाएं सुरक्षित हो सके.

जिससे पूरे देश में महिलाओ की सुरक्षा सुनिश्चित हो सके.

देश की आवाम समस्त राजनीतिक दल की तरफ न्याय की दृष्टि से देख रही है.

देश की आवाम के कान तरस रहे हैं. जिन दोषियों के कारण महिलाएं असुरक्षित है.

जिन अपराधियों के कारण देश के बड़े-बड़े नेता देश एंव राजधानी के लिए अलग-अलग परिभाषा दे रहे है.

जिन अपराधियों के कारण राजनीतिक दलों में मतभेद उभर कर आ रहे हैं.

उन अपराधियों के लिए समस्त राजनीतिक दल मिलकर स्वाति मालीवाल के अनशन को मध्य नजर रखते हुए. 21 दिन के अंदर सजा-ए-मौत का कानूनन प्रावधान करवाएं.

जिससे देश में महिलाओं की सुरक्षा सुनिश्चित हो सके.

लेखक मान सिंह नेगी के विचार महिलाओं के प्रति उनकी सुरक्षा को लेकर यदि राजनैतिक दल वास्तव मे चिंतित हैं.

तब आज समय आ गया है.

जघन्य अपराध करने वालों को महिलाओं के साथ जघन्य अपराध करने वाले दोषियों अपराधियों को बिना सोचे समझे कि वह क्या रुतबा रखता है.

बिना पक्षपात किए हुए त्वरित न्याय के अंतर्गत.

21 दिन ही नहीं तुरंत प्रभाव से सजा-ए-मौत मुकर्रर की जाए डीएनए टेस्ट के तहत.

इतिश्री

लेखक मान सिँह नेगी

9
अर्जी

लेखक मान सिँह नेगी

हमारे एक मित्र है मनिंदर सिंह जबलपुर. वह अक्सर अच्छी से अच्छी चीजें लिख कर भेजते हैं.

वास्तव में वह हमारे कुछ भी नहीं लगते. परंतु जब भी कोई तस्वीर उनके द्वारा भेजी जाती है.

जब भी कोई विचार उनके द्वारा भेजा जाता है.

जब भी कोई वीडियो उनके द्वारा भेजी जाती है. वह हमारे दिल को छुए बिना नहीं रहती.

उन्हीं में से एक तस्वीर माता की तस्वीर, मैया की तस्वीर हमें सुबह तड़के ही फोन का दरवाजा खोलते ही प्राप्त हुई.

वह हमारे दिल में इस कदर घर कर गई.

हमारे सकारात्मक आंतरिक मन जो भक्ति में लीन रहता है. उसने हमें पुकारा.

हमारे कान में फुसफुसया. हम भी मानते है.

जो सकारात्मक एवं आध्यात्मिक शक्तियों से परिपूर्ण होता है.

उसे मैया की कृपा प्राप्त होती है.

हमें मालूम होना चाहिए सही दिशा में सोचने की जो सुई मस्तिष्क में घूम रही है.

उसके चलते मैया के चरणों में अपना नाम कुछ इस प्रकार गुदवा ले.

जो भी इस गूदे सकारात्मक विचारों को पढे.

वह यकायक यह कहने को मजबूर हो जाए.

जय माता रानी, जय हो भक्त मान सिंह नेगी की.

उसके पश्चात हमारे अंतरमन ने हमें बाध्य कर दिया. उस तस्वीर को अपने मित्रों के पास भेजने के लिए जिस पर हमने अपने ही मित्रों से अनजान मित्रों से गुहार लगाई.

जो भी भक्त माता रानी के चरणों में अपनी अर्जी लगाना चाहते है.

उनका विनम्र स्वागत है वह अपनी अर्जी आज ही लगवा ले.

कहीं अर्जी लगाने में आपके दिमाग में आपके दिमाग में यह ना चलने लगे.

जैसे कि दिल्ली और कोलकाता वालों के दिमाग में चलता है.

भक्तों अर्जी लगा लो आज हीं.

तब भी कुछ भक्त यही कहते हुए पाए जाते हैं, कल लगा लेंगे.

यह बात हम उनके लिए कह रहे हैं जो दिल्ली में दिल्ली के वासी हैं.

जब हमने कोलकाता में जाकर यही बात कही कि भक्तों मैया के चरणों में अपनी अर्जी लगा ले.

तब वहां के भक्तों ने भी अक्सर वही बात कही जो वह कहते रहते हैं परसों लगा लेंगे.

हम आप सब की जानकारी में यह लाना चाहते हैं.

दिल्ली वालों की कल

कोलकाता वालों की परसों

कभी नहीं आए बीत गए वर्षों.

इसीलिए मित्रों हम माता रानी के राधा रानी के भक्त आपसे यही अनुरोध करते हैं.

आप सब रावण, रावण की शिक्षा पर ध्यान देते हुए कर्म करें.

जब रावण ने लक्ष्मण को शिक्षा दी थी.

कल करे सो आज कर आज करे सो अब पल में प्रलय होएगी फिर बहुरि करेगा कब.

इसीलिए मित्रों हम मैया के भक्त आपसे गुहार लगाते हैं.

विनम्र अनुरोध करते हैं जिस भक्तों ने भी मैया के दरबार में अपनी अर्जी लगानी है.

वह तत्काल सेवा का प्रयोग कर मैया के दरबार में मैया के चरणों में अपनी अर्जी दे सकता है.

जय हो माता रानी की जय हो माता रानी की जय हो माता रानी की जय माता दी.

हमारी इस गुहार को सुनते ही कई भक्तों ने मैया के दरबार में मैया के चरणों में तत्काल सेवा का प्रयोग करते हुए माता के दरबार में अर्जी लगाई.

वह अर्जी लगाते हुए कहते हैं जय माता दी जिसमें सबसे पहले नीरज रावत अव्वल स्थान पर आते हैं.

इसके पश्चात धीरे धीरे धीरे धीरे माता के दरबार में भक्तों का आना शुरू हो चुका है .

माता के दरबार में हर कोई अपनी उपस्थिति देकर अर्जी लगा रहा है.

उस अर्जी मे हम भी अपणी अर्जी लगा देते है. माता के दरबार मे अपणी ऊपास्थ्तिती दर्ज करवा लेते है.

जय माता दी

जय माता दी

जय माता दी

जय माता रानी की

जय माता रानी की

जय माता रानी की

इतिश्री

लेखक मान सिँह नेगी

10

इक लड़की

हम आनंद विहार रेलवे स्टेशन पहुंचे सीमांचल रेल से जो कि आज दिनांक 9 जनवरी 2016, को 15 घंटा देरी से आई है.

हम मेट्रो में सीनियर सिटीजन की कुर्सी पर कब्जा कर कर बैठे हुए थे.

हमारे बगल मे एक बूढ़ी महिला भी बैठी हुई थी.

हम अपनी एक गंदी आदत पढ़ने की रुचि के अनुसार मोबाइल में व्यस्त थे.

शायद हम ही नहीं हर व्यक्ति मोबाइल को लेकर बहुत ही ज्यादा संवेदन शील है.

जैसे ही हम मोबाइल से हटे हमारी नजरें सामने बैठी इक लड़की की तरफ गई.

परंतु हमने बहुत ही जल्द अपने आप को नियंत्रित किया और वहां से तुरंत हीं अपना ध्यान हटा लिया.

लेकिन जब दूसरी बार हमारी नजरें उसकी नजरों से मिली इस बार हम उसके द्वारा इस्तेमाल किए गए औजारों से नहीं बच सके.

इस स्थिति में हमें वह मधुर गीत याद आ रहा था.

चोरी चोरी नजरे मिली चोरी चोरी दिल ने कहा चोरी में है मजा.

उसके बाद उसने हम पर एक के बाद एक नए नए हथकंडे अपनाए अपनी ओर आकर्षित करने के लिए.

लेकिन हम भी कब तक ध्यान हटाते.

हम यह सोच कर विवश हो गए उस लड़की के द्वारा अपनाए गए हथकंडो के माध्यम से.

जिसके कारण अंत में वही हुआ जो अक्सर बकरे की मां के साथ होता है.

शायद आपने भी सुना होगा आखिर बकरे की मां कब तक खैर मनाएगी एक दिन तो कसाई के चापड़ के नीचे आएगी.

यही सोचकर हम बेचारे मरते क्या ना करते.

उसकी हल्की मुस्कान ने मेरा ध्यान भटका दिया.

उसके गोल चेहरे पर ठीक नाक से जरा हटके छोटे से तिल ने हमारे दिल में अपने प्यार की सरगम छेड़ दी.

जिस सरगम की तान से हमारा निकलना मुश्किल ही नहीं नामुमकिन था.

अब हम वैसे वैसे नाच रहे थे. अब हम वैसे वैसे कर रहे थे. वह जो चाह रही थी.

हमें उस स्थिति पर ऐसा लग रहा था. जैसे सपेरा नागिन को वश में कर लेता है.

ठीक उसी प्रकार उसने दोबारा मुझे फसाने के लिए अपनी दूसरी चाल चल दी.

इस बार उसका वार बहुत घातक था. हालांकि हम पहले हीं उसके जाल में फँस चुके थे.

उसके बावजूद उसने झटका मार कर चेहरे पर बाल गिराए और हाथों की उंगलियों से जिस तरीके से बाल हटाए.

वह खंजर सीधा दिल पर ऐसा धँसा कि हमारी सारी नियंत्रित की तपस्या भंग हो गई.

हालांकि मृगनयनी के तरकस के आगे मुनि विश्वामित्र की तपस्या भंग हो गई थी.

तो हम अभी मात्र 23 साल के हैं.

इस लड़की ने हमारा मेट्रो का 1 घंटे का सफर मात्र 10 मिनट में बदल दिया.

अब हमने भी सहसा इस बीच अपने तरकश से बाण छोड़ा और पूछा आपका नाम.

इससे पहले वह अपना नाम बताती हमने कहा सपना.

क्या तुम मुझसे दोस्ती करोगी?

वह भी तपाक से बोली दोस्ती और तुमसे क्यों नहीं.

इतना प्रयास इसीलिए तो किया है कि आप और मैं, मैं और आप दोस्त बन जाएं.

मैं सपना नहीं माधुरी और आपका नाम.

हमने कहा मान सिंह नेगी.

इस प्रकार हमारी इक अनजान लड़की से कब कैसे दोस्ती हो गई पता ही नहीं चला.

इतिश्री

11
बेरोजगारो को निमंत्रण

विपक्ष कहता है, देश के प्रधानमंत्री ने अपने चुनावी घोषणा पत्र में बेरोजगारी को समाप्त करने का वादा किया था.

हमें यह नहीं मालूम की वास्तव में देश के प्रधानमंत्री ने ऐसा कुछ कहा था.

क्युकी हम राजनीति के विशेषज्ञ नहीं है.

परंतु यदि देश के प्रधानमंत्री ने युवाओं को हर साल 2 करोड़ नौकरी देने का वादा किया है.

या देश के हर कोने में बेरोजगारी को लेकर हाहाकार मचा हुआ है.

तब कहीं ना कहीं बेरोजगारी पर प्रधानमंत्री ने भाषण अवश्य दिया होगा.

या हो सकता है, उन्होंने इसे अपने चुनावी घोषणा पत्र में शामिल किया हो.

हम तो यह कहते है. यदि देश के प्रधानमंत्री ने इसे घोषणा पत्र में शामिल ना किया होता.

या उन्होंने ऐसा कोई भाषण ना दिया होता.

या विपक्ष द्वारा यह मुद्दा ना उछाला गया होता.

तब भी देश के राजनीति के धुरंधरो को बेरोजगारी के दानव को समाप्त करने के लिय पहल अवश्य करनी चाहिए थी.

यह केवल वर्तमान सरकार की जिम्मदारी नहीं अपितु यह देश की हर राजनीतिज्ञ दल की नैतिक जिम्मेदारी है.

परंतु यह दुखद है. बेरोजगारी को समाप्त करने के लिय ना ही एकल और ना ही कोई संयुक्त पहल हुई.

बेरोजगारी को समाप्त करना तो दूर किसी भी राजनीतिज्ञ दल ने इसे कम करने के लिय भी प्रयास नहीं किय. यदि कुछ दिखाई दिया तो महज एक दूसरे kए ऊपर छींटाकशी के बयान. जिससे बेरोजगारी दूर नहीं हो सकती.

क्या इस बेरोजगारी रूपी अंधेरी रात का कभी सवेरा होगा?

यदि हाँ तो कब तक?

यह प्रश्न उन बेरोजगार युवकों को प्रत्येक दिन, रात में बदल जाने पर निराश करता है.

परंतु जिस कार्य को देश के बड़े बड़े राजनीतिज्ञ दल हल करने पर हारमान है.

उसी ज्वलंत समास्या के दानव को समाप्त करने के लिय. हम उन युवक एवं युवतियों के लिय एक सुनहरा अवसर लेकर आए है. जिससे उन्हें एक अच्छी कमाई हो सकती है.

अभी हाल ही में एक सर्वेक्षण हुआ था. जिसमें यह निष्कर्ष आया देश में 99% युवक युवती नौकरी को अहमियत देते है.

जबकि 1% युवक युवती रोजगार करना पसंद करते है.

हमें आज 99% की मानसिकता को धीरे धीरे समाप्त करना होगा.

जिसकी पहल हमने बेरोजगारी को समाप्त करने के लिय आरम्भ की है.

सबसे पहले इस प्रकार के रोजगार में हम उन्हें सादर आमंत्रित करते है.

?जो ज्यादा पढ़े लिखे नहीं है.

?जो खाना बनाना जानते है.

जी हाँ सब जानते है. दिल्लीवासी खाने के शौकीन है. यदि उन्हें चटोरा कहा जाए तो कोई अतिशयोक्ति नहीं होगी.

आज कौन देशवासी है जो खाने के बगैर रह सकता है? कहने का तात्पर्य कोई नहीं.

हाँ इतना अवश्य जिस प्रकार हमारी 5 उंगलियां भिन्न है. उसी प्रकार हमारे स्वाद एवं रुचि भी भिन्न है.

जैसे कोई राजमा चावल खाता है. कोई कढ़ी चावल पसंद करता है. कोई छोले भठुरे खाता है. कोई समोसे कचौडी पसंद करता है. कोई रोटी सब्जी खाता है.

इसलिय हम आपको बेशकीमती सलाह देते है. दूसरों के पेट भरने से ज्यादा पुण्य कुछ नहीं हो सकता. यह रोजगार तो ऐसा है. जिसमें हम कह सकते है. आम के आम गुठलियों के दाम.

इस रोजगार के तहत 2-3 घंटे में अच्छा पैसा कमा कर चैन की नींद सोया जा सकता है.

हाँ इतना अवश्य है, कुछ को शर्म आएगी. कुछ यह भी सोच सकते है. लोग क्या कहेंगे?

सबसे पहले हम आपको बता दे. जिसने की शर्म उसके फूटे कर्म.

दूसरा कुछ तो लोग कहेंगे. लोगों का काम है, कहना.

जिंदगी में यह बात गांठ बांध लेना. जीते जी चाहे नरक जीवन भोगते रहो. परंतु कोई हाल चाल नहीं पूछेगा. कोई नहीं जानना चाहेगा. आज आपने खाना है या नहीं. यदि मर जाओ तो हर कोई पूछता है, कैसे मरे.

इसलिय जीवन से हारमान ना होना. हमारे स्वर्गीय पिताजी अक्सर कहते थे. नर हुनर कर, भूखा ना मर.

इसलिय हम आज कह रहे है. दोस्तों यदि आप कम पढ़े लिखे है. यदि आप खाना बनाना जानते है.

तो यह लेख आपके लिय ही है. यदि आप नौकरी के इंतजार में बैठे है.

यदि आपकी नौकरी अभी तक नहीं लगी है. तो आप हमारी इस सलाह को अपना कर बेरोजगार से रोजगार में अपना नाम दर्ज आज ही करवा ले.

जिससे आने वाले समय में आपका भविष्य सुरक्षित हो सके.

जिससे आप अपने परिवार का पेट पाल सके. कहा जाता कम खा लो गम खा लो. परंतु दोस्तों खाने के व्यवसाय में अच्छा रुपया प्राप्त हो जाता है. सनद रहे.

एक किलो आटा 22-25 रुपय तक आता है. उसमें कितनी रोटियां बन सकती है. यह अंदाजा आप स्वयं लगाईए. यही है खाने का एक सरल एवं उपयुक्त उपाए.

फिर क्या सोच रहे हो चौहान . उठ जाओ, खड़े हो जाओ इस बार मत चुकीयो चौहान. क्युकी यह आपके जीविका कमाने का सबसे अच्छा साधन है. जब तक पेट रहेगा तब तक खाने का व्यवसाय अच्छा चलेगा. आपकी रुचि किसे लेकर है. यह आपको ही तय करना है.

हम जल्द ही बेरोजगारों के लिय अपना दूसरा सुझाव लेकर प्रस्तुत होंगे. तब तक इंतजार कीजिए हमारे भविष्य निर्माता सुझाव का. जो आपकी जिंदगी बदल दे.

एम एस एन विचार

हम गूरूग्राम में उर्वशी नाम की एक महिला को जानते है. जो पेशे से अध्यापिका है. परंतु उन्होंने अपनी नौकरी छोड़ उर्वशी छोले भठुरे का काम रेहड़ी पर शुरू किया. जिसके कारण आज वह एक सफल उध्मी है.

उर्वशी हम सबके लिय मिसाल है. हम तो पढ़े लिखे भी नहीं है. हमारे पास हुनर है खाना बनाने का. उसका उपयोग यदि हम बाजार में अपने हाथ अजमा कर करें. तो हम भी एक सफल उधमी बन सकते है.

आप सबको हमारी शुभ कामनाएं. जल्द मिलेंगे एक नय लेख के साथ.

गोली से भी तेज चलती है, कलम

लेखक मान सिंह नेगी

12
सफलता

हम ना जाने कब से महिलाओं पर हो रहे दुष्कर्म पर सजाए मौत के पक्ष में अपने विचार, अपने अनुभव महिलाओं को प्रदान करने के लिय लिख रहे थे.

आज लघु रूप से हमने सफलता प्राप्त की है.

इसे लघु रूप इसलिय कह रहे है.

क्युकी pocso एक्ट में बदलावों पर शुक्रवार को केंद्रीय मंत्रिमंडल ने मोहर लगा दी है.

इस एक्ट के अनुसार मासूम बच्चियों को संरक्षण देने का काबिले तारीफ कदम उठाया गया है.

वास्तव में इस कानून में संशोधन बहुत पहले ही हो जाना चाहिए था. खैर देर आए सबेर आए.

जिसमें कहा गया है. जो भी मासूमों के साथ घिनौनी हरकत करते हुए पकड़ा जाएगा.

उसे आज साल 2018, साल के ठीक विदाई के अंतिम दिन से पहले सजाए मौत की घोषणा हुई है.

एम एस एन विचार

अब वह मनचले, शराबी, अत्याधिक वासनाओ से घिरे या जो मानसिक रोगी होने का दावा करते हुए मासूम बच्चियों के साथ घिनौनी हरकत करते है.

या अपनी हवस को पूरा करने के लिय अपने ही पड़ोसी की बच्चियों के साथ दुष्कर्म करते है.

उन्हें अब सजाए मौत ही मिलेगी. अब किसी भी प्रकार का बहानेबाजी नहीं चलेगी.

इसलिय दुष्कर्म करने से पहले सौ बार सोच ले.

इसलिय दुष्कर्म करने से पहले अपने द्वारा कमाए गय घन को अवश्य परख ले.

अपनी हवस की इच्छा को पूरा करने के लिय. यह अवश्य विचार कर ले. आपके परिवार का भारण पोषण कौन करेगा?

जिस घिनौनी हरकत के माध्यम से आप स्वयं आत्महत्या करने जा रहे है . उसके पश्चात आपके घर में महिलाएं किस प्रकार का जीवन यापन करेंगी. इसका अवश्य मंथन कर ले.

क्युकी आज से मासूमों के साथ दुष्कर्म पर सजाए मौत की घोषणा हो चुकी है.

इस महत्वपूर्ण कदम के लिय हम सरकार की भूरि भूरि प्रशंसा करते है.

जहा हम सरकार की प्रशंसा करते है.

वही हमें हर उम्र की महिलाओं के साथ हो रही घिनौनी हरकत करने वालों के लिय भी सजाए मौत जैसे कानून बनने के लिय अथक प्रयास करेंगे.

जब तक यह कानून नहीं बनता. तब तक हम ना स्वयं चैन से बैठेंगे ना ही सरकार को बैठने देंगे.

यह कानून महिलाओं के संरक्षण के लिय अत्यंत महत्वपूर्ण है.

हम समस्त मंत्रीमंडल से अनुरोध करते है. हर उम्र की महिलाओं के साथ हो रहे दुष्कर्म ही नहीं अपितु महिलाओं के साथ हो रहे हर प्रकार के अपराध में दोषियों को सजाए मौत का होना बेहद जरूरी है.

तब कहीं जाकर होगा महिला सशक्तिकरण.

अपनी राय इस लेख पर अवश्य दे.

गोली से भी तेज चलती है, कलम

मान सिंह नेगी

13

कर्मठ कर्मचारी

आज हम बात करेंगे कर्मठ कर्मचारियों की. जिनकी आँखें सीसीटीवी कैमरे से भी ज्यादा तेज है. वह इतने मेहनती है. अपने आप कार्य करें या नहीं. परंतु उनकी नजर में दूसरा कार्य नहीं कर रहा है.

उसके उनके पास पुख्ता सबूत है. वह अक्सर ध्यान देते है. दूसरा काम नहीं कर रहा अपितु आराम से कुर्सियां तोड़ रहा है.

क्या मुझे ही वेतन मिलता है? क्या मैं ही सारा कार्य करूंगा? ऐसी उनकी अपनी एक सोच है. वह अक्सर यह कहते पाए जाएंगे. दूसरों को भी आप कार्य करने के लिय बोलो. क्या हम ही कार्य करते रहेंगे.

वह प्रायः शिकायत करते रहते है. फला फला कर्मचारी काम नहीं कर रहा.

कर्मठ कर्मचारी किसी ना किसी बात को लेकर अक्सर कान भरते रहते है.

कर्मठ कर्मचारी दूसरों में कमियां ढूंढते रहते है.

कर्मठ कर्मचारी दूसरों में कमियां बड़ी आसानी से ढूंढ लेते है.

कर्मठ कर्मचारी की यह अच्छी कला होती है. वह दूसरे में दोष आसानी से ढूंढ़ लेते है. चाहे वह उनका लीडर ही क्यु ना हो.

अधिकतर देखने में यह भी आया है. काम फैला रहता है.

परंतु ना ही कर्मठ कर्मचारी इस बात को समझते है. ना ही अन्य.

या उस फैले हुए कार्य के लिय उन कर्मचारियों का इंतजार करो जो अपने विश्राम ग्रह में आराम कर रहे है.

या उन कर्मचारियों का इंतजार करो जो विश्राम ग्रह में आनंद के साथ मोबाइल पर अपनी अपनी पसंद के अनुसार कुछ देख एवं सुन रहे है.

या वह कार्य स्वयं करो. जो इधर उधर बिखरा हुआ है.

पता नहीं क्यु इन कर्मठ कर्मचारियों को कार्य नजर नहीं आता.

पता नहीं इन कर्मठ कर्मचारियों को यह क्यु नहीं सूझता. जो काम बिखरा हुआ है. उसे समेट दे.

ना यह बिखरा हुआ कार्य नहीं दिखाई देता.

जबकि वह स्वयं उस विश्राम कक्ष में आराम फरमा रहे होते है.

कई बार ये कर्मठ कर्मचारी बहुत ही चालाकी से एक दूसरे की शिकायत करते रहते है. परंतु कार्य करने के समय वह पीछे ही नजर आते है.

इन्हें कार्य करने को कहो. ये दूसरों को बुलाना शुरू कर देते है.

यदि किसी कार्य को करते भी है. तब उनकी चाल गर्भवती महिला से कम नहीं होती.

कहने का तात्पर्य वह काम को इतनी सुस्त रफ्तार से करते है.

जैसे एक नौ महीने की गर्भवती महिला करती है.

कहने का तात्पर्य जैसे चिकित्सक ने सलाह दी हो.

अधिक वजन मत उठाना.

यदि उठा लिया. तो पूर्ण गति के साथ मत चलना.

इन कर्मठ कर्मचारियों से काम करवाना कितना मुश्किल है. यह अनुभव कर हैरानी होती है.

यह हैरानी तब और बढ़ जाती है. जब इन कर्मचारियों को यह कह दिया जाए. कार्य को फुर्ती के साथ अंजाम दिया करो.

उनके जवाब को सुनकर हैरानी ही नहीं हुई. अपितु हमने दांतों तले उंगली दबा ली.

वह बोला हमारी तबीयात नासाज है. आप काम को रो रहे है. काम कर तो रहे है. यह क्या काम है? यह हालत है, इन कर्मठ कर्मचारियों की. जो दूसरों को कामचोर कहने से बाज नहीं आते.

क्या कामचोर की परिभाषा आप में से कोई दे सकता है?

हमें लगता है, असली कामचोर वे होते है. जो काम होते हुए भी करना नहीं चाहते.

हमें लगता है, असली कामचोर वे होते है. जो काम होते हुए भी काम को नजरंदाज करते है.

हमें लगता है, कामचोर क्षणिक काम को सम्पूर्ण काम समझते है.

यहा वे यह समझते है. हमें जितना पारिश्रमिक मिलता है. उतना कार्य हम 2-3 घंटे में पूरा कर लेते है.

जबकि वास्तविकता यह नहीं है. यह किसी भी व्यक्ति द्वारा पाला गया एक भ्रम मात्र है.

यदि आपके पास कार्य है. तब आपके दिमाग में सिर्फ कार्य करने का दबाव बना रहता है. चाहे आपको कोई देख रहा है या नहीं.

यह बहुत आश्चर्य की बात है. कामचोरो के पास काम होते हुए भी काम ना करने के एक लाख बहाने होते है.

क्युकी उन्हें काम से कोई लेना देना नहीं है. वह सारे दिन एक दूसरे की शिकायत करते हुए व्यतीत कर देते है. परंतु कार्य को तव्व्जौ नहीं देते. यह देखकर दुख लगता है.

यह सब जानकर लगता ये कर्मठ कर्मचारी सिर्फ और सिर्फ कामचोरी के लिय ही बने हुए है.

परंतु हम टीम लीडर है. इसलिय जब भी उन्हें सभा में बुलाना चाहते है.

तब वह मजाक उड़ाते हुए कहते है. उह ये हमें क्या सीखाएगा. हम स्वयं ज्ञानी है. हमारा मानना है, यदि कोई ज्ञानी टकर जाए. तो उनके चरणों में नमन कर उनसे सीखना चाहिए. यही चाह हमारे ज्ञान में और वृद्धि करती है.

हमने महसूस किया अपना ज्ञान मुफ्त में किसी को नहीं बांटेगे.

हमने महसूस किया जहा जरूरत ना हो वहा ज्ञान नहीं बाँटना चाहिए.

हमने महसूस किया जब कोई तुम से ज्ञान नहीं मांग रहा. उसे क्यु ज्ञान बाँट कर अपने आप को ज्ञानी सिद्ध करना चाहते हो.

जैसे माँ भी बच्चे को दूध तभी पिलाती है. जब वह रोता है.

इसलिय किसी को ज्ञान कब देना है. यह जानते हुए ज्ञानी बनने का प्रयास मत करो.

हमें आश्चर्य है, हमसे हमारे पियादे तक नहीं सीखना चाहते.

परंतु हम आज भी मिसाल बने हुए 51 वर्ष होने पर भी. हमारी सीखने की ललक आज भी बरकरार है.

आज हम 51 वर्ष में भी अपने आपको 16 साल का मानते है. जिसके पास 26 वर्ष का अनुभव है.

सबसे बड़ी एवं महत्वपूर्ण बात. हमें किसी से भी सकारात्मक कार्य सीखने में कोई संकोच नहीं है.

हालांकि हम यह भी जानते है. कामचोरो से काम लेना टेढी खीर है. यह बात भी हम अपने अनुभव एवं दावे के साथ कह रहे है.

हम यह भी मानते है. इन कर्मठ कर्मचारियों की कामचोरी महज कामचोरी नहीं अपितु यह उनकी अक्षमता को दर्शाता है.

ये कर्मठ कर्मचारी काम करने के नाम पर महज खानापूर्ति करते हुए पाए जाते है.

जबकि यह भी कार्य ना होकर कामचोरी ही कहा जाएगा.

हमने उन कर्मठ कर्मचारियों की इच्छाओं को भांपते हुए कहा. आप एक दूसरे को कुछ ना कुछ सिखाएं.

तभी एक कर्मठ कर्मचारी बोला हम बहुत पुराने खिलाड़ी है.

हम सीनियर कर्मचारी की श्रेणी में आते है. हम यह कार्य या वह कार्य नहीं करेंगे. क्या हम यह कार्य करते हुए अच्छे लगेंगे?

हम चुप रह गय. हम कुछ भी ना कह सके. हम चाह कर भी कुछ नहीं बोल सके.

हम दंग थे -जो कर्मचारी हमारे नीचे कार्य करते है. वह भी हमारे आदेश की अवेहलना करते है.

यह अवेहलना ही कामचोरी कहलाती है.

जबकि कर्मठ कर्मचारी इस अवेहलना को काम ना करने का नायाब तरीका भर मानते है.

एम एस एन विचार

कामचोर कौन है? कामचोर कौन हो सकता है? यह निर्णय हम आप पर छोड़ते है.

परंतु यह सत्य है. कामचोरी के सहारे ज्यादा दिन जीविका चलना मुश्किल है.

वर्तमान समय की पुकार अच्छे और समझदार. मेहनती और कार्य शक्ति में विश्वास करने वाले ही कर्मचारियों को कम्पनी उनका साथ देती है.

कहते है, दूध देने वाली गाय की लात भी खानी पड़ती है.

यह बात सत्य है. परंतु कामचोर कर्मठ कर्मचारियों का इससे कोई लेना देना नहीं है.

हमारा मानना है,

?कमजोर व्यक्ति शिकायत करते है.

?शक्तिशाली व्यक्ति माफ करते है.

??बुद्धिमान व्यक्ति नजरंदाज करते है.

गोली से भी तेज चलती है, कलम

मान सिंह नेगी

14

दिल्ली की धुंध

आज हनुमान का वार है. दिनांक 25-12-2018, समय सुबह के करीब 8:10 मिनट पर सेक्टर 14 से होकर गुजर रहा हूँ. आज दिल्ली की पहली धुंध ने ही अपना असर दिखाना शुरू कर दिया.

दिल्ली में जगह जगह इस वक्त लोग अपनी अपनी सुविधा के अनुसार अलाव जला कर बैठे है.

खासतौर पर मजदूर एवं राजमीस्त्री आज दिल्ली के अलग अलग स्थानों पर धुंध के कहर को नियंत्रित करने के लिय अग्नि देवताओ का सहारा ले रहे है.

जो चाय की ठीय अक्सर देर से खुलते थे. उन्होंने भी अपने ठीय लम्बी दूरी तक ना दिखने वाले ग्राहक के लिय आज तड़के ही खोलकर उन्हें धुंध से राहत देने की असफल कोशिश की है.

अभी हमने सेक्टर 14 के चौराहे पर एक मोटर साईकिल को रुकवाकर पूछा आप आज कितनी रफ्तार से गाड़ी चला रहे है. वह बोला इस वक्त धुंध ने ऐसा हाल कर रखा है की हाथ को हाथ नहीं सूझ रहा.

आज इस वक्त धुंध का ऐसा कहर है. जिसे हमारे जासूसी कैमरे ने आप सबके लिय कैद किया है.

हम पुनः एक और मोटरसाइकिल चलाने वाले राहगीर रामपाल से धुंध के अनुभव इक्कठा करने का प्रयास कर रहे है.

उन्होंने रुआंसे मन से बताया उनका 8000 रुपय का आज सुबह सुबह नुकसान हो गया. हमने पूछा वह कैसे? वह पुनः रुआंसे चेहरे से बोला हमारी गाड़ी से अड़ापटर चोरी हो गया. यह महज हमारी लापरवाही थी. जिसका हर्जाना हमें उठाना पड़ रहा है.

हमने कहा यह बड़ा दुखद है. परंतु उसकी बात से यह साफ था. सावधानी हटी, दुर्घटना घटी.

हमने पूछा धुंध में आज आप कितनी रफ्तार से मोटरसाईकिल चला रहे है. वह बोला 25-30 की रफ्तार से. हमने पूछा आज से पहले आप कितनी रफ्तार से गाड़ी चला रहे थे. उसने तुरंत जवाब दिया 50-60 की रफ्तार से.

हम यह जानकर आगे बढ़ गय. हम यह सोच रहे थे धुंध ने दिल्ली की भागमभाग को आज नियंत्रित कर दिया.

धुंध हमारे बदन को ऐसे छु रही थी. जैसे ठंडी हवा छु कर कह रही हो. आज मौसम बड़ा बेईमान है जरा. आने वाला कोई तूफान है जरा.

हम आगे बढ़ते गय धुंध हमें मदहोश कर रही थी. तभी हमारी नजर पकौड़े बनाने वाली बूढ़ी अम्मा की तरफ गई. हमने कहा अम्मा इतनी सुबह काहे को आ गई. वह बोली पापी पेट का सवाल है. मरती क्या ना करती. हमने कहा अम्मा कुछ गर्मागर्म पकौड़े खिला दो. दो घुट गर्मागर्म चुस्की भी पिला देना.

अम्मा ने कहा दो मिनट में देती हूँ. इतना कहते वह बोली धुंध में पकौड़े और चाय का अपना ही मजा है. हम कुछ देर बाद वहा से आगे चल दिय.

जहा हमने देखा दूर से वाहनों की बत्ती भी धुंधली नजर आ रही थी.

धुंध को चीरते हुए जो वाहन आ रहे थे. उनकी बत्तीयो को देखकर ऐसा लग रहा था. कहीं दूर कोई दीया लेकर हमारी तरफ बढ़ता चला आ रहा है.

तभी हमने एक टाटा एस को रूकवाया. उसके चालक से बात की आज गाड़ी कितनी रफ्तार से चला रहे हो.

वह इस प्रश्न को सुनकर सहम गया. उससे जवाब देते नहीं बन रहा था. हमने उसकी घबराहट कम करने के लिय कहा. हम कहानीकार है.

हम महज यह जानना चाहते है. धुंध के कारण आज आप कितनी रफ्तार से गाड़ी चला रहे है.

वह बोला जै बात है. हमने कहा हाँ यही बात है. तब उसने खुलकर कहा आज गाड़ी 25-30 की रफ्तार से चल रही है. .हमने कहा आपका नाम क्या है. वह बोला विवेकानंद.

इतना बात करते ही हमें अहसास हुआ. हमें दफ्तर के लिय देर हो रही है.

हम अपने जीवन में पहली बार पी टी उषा से भी तेज दौड़ रहे थे.

उस दौड़ से हमें धुंध से हल्के हल्के पानी एवं गीली हवा छु छु कर जा रही थी.

हमने तभी अपनी रफ्तार यह कहते हुए कम की. कहीं हम गीले ना हो जाए. कहीं इस गीलेपन की वजह से हम बीमार ना पड जाए.

जैसे ही हमारी रफ्तार नियंत्रित हुई. तभी हमें वह मधुर गीत याद आ गया.

हम लोग खिलौने है
इक ऐसे खिलाड़ी के
जिसको अभी सदियों तक
ये खेल रचाना है.
संसार की हर शह का
इतना ही फ़साना है
एक धुंध से आना है
एक धुंध में जाना है.

उसके बाद हम भी उस धुंध से अगली धुंध और धुंध में चलते चले गय.

तभी एक राहगीर ने कहा चचा इतनी उम्र में इतनी तेज कहा दौड़े जा रहे है. इस उम्र में यदि आपकी हड्डी चटक गई. तो इस उम्र में जुड़ने में भी ज्यादा वक्त लगेगा.

हमने भी दबे स्वर में कहा.भईया आज जगह जगह लोगों से जानकारी ले रहे थे. धुंध में कितनी रफ्तार से गाड़ी चला रहे हो. उसी के

कारण दफ्तर के लिय देर हो रही है.

उसी समय को सही समय में बदलने के लिय. हम मैराथन करते हुए कार्यालय की तरफ भागे जा रहे है.

वह राहगीर खिलखिलाकर हंस दिया. हम भी हँसे बिना ना रह सके और थोड़ी ही देर में समय पर दफ्तर पहुंच गय.

अंत में हमने भगवान कृष्ण को धन्यवाद दिया. जिसने हमें एक नए दिन के अनुभव को जानने का अवसर दिया.

गोली से भी तेज चलती है, कलम

मान सिंह नेगी

15
भगवान कृष्ण

हाँ हम उतने बड़े भक्त नहीं. जितने बड़े भक्त वे थे. जिन्होंने वृंदावन में आकर भगवान कृष्ण को दस मिनट तक निहारा.

उसके पश्चात हमें अहसास हुआ भगवान कृष्ण भाव के भूखे है.

यह बात हम हजार बार आप सबको बता चुके है. परंतु आपके सिर में जू तक नहीं रेंगती.

देखिए एक भक्त के भाव के कारण भगवान कृष्ण किस प्रकार वृंदावन के मंदिर से नदारद हो गय थे.

एक भक्त मंदिर में आया. उसने भगवान कृष्ण को दस मिनट तक निहारा और भगवान उसके साथ उसके घर चले गय.

उसके पश्चात वृंदावन में भगवान कृष्ण की दूसरी मूर्ति स्थापित की गई. और यह चलन शुरू हो गया.

अब कोई भी टकटकी लगाय भगवान कृष्ण को नहीं देखेगा.

इसलिय वहा पर्दा प्रथा आज भी है. कहने का तात्पर्य थोड़ी थोड़ी देर में वह कृष्ण के आगे पर्दा कर देते है.

आज हम पुनः पद्म प्रकाश का धन्यवाद करते है.

उन्होंने हमारी दोस्ती आध्यात्मिक एवं धार्मिक विचारों वाले दो समूह से करवाई.

आज हमारा जिद्दी मन भी भगवान कृष्ण के चरणों में रमता है.

आज हमारा चंचल मन भी भगवान कृष्ण के चरणों में बसता है.

उस प्रभु भगवान कृष्ण को देखकर उस प्रभु भगवान कृष्ण को जप कर.

आज पुनः हमारे मन ने हमें कहा ज्यादा नहीं. एक प्रयास आप भी भगवान कृष्ण को निहार कर देख सकते है.

वही प्रयास अपने मन के वशीभूत होकर जब हमने किया तो वास्तव में भगवान कृष्ण की बड़ी झील सी आँखे हमें जीवंत लग रही थी.

मन यही कह रहा था. वह आपको बातचीत करने के लिय निमंत्रण दे रही है.

तभी आत्मा ने धीरे से अंतर्मन को कह दिया. सबको कहते हो. आज स्वयं ही बोल दो. जय श्री कृष्णा हरे हरे.

क्या पता आपका भक्त प्रेम निश्चल भाव से किया हुआ हो?

क्या पता भगवान कृष्ण आपको अपने परमधाम में स्थान दे दे?

जहा पहुंचने के लिय कितने भक्त कड़ी तपास्या करते है.

वहा आपका निश्चल भाव आपको सहज पहुंचा दे.

हम जानते है, इस मूर्ति में भगवान कृष्ण का रंग श्वेत बनाकर शिल्पकार ने मूर्ति में प्राण फूंक दिय.

अन्यथा हमें याद आ रहा है. स्वयं भगवान कृष्ण ने कुछ इन शब्दों में यशोमती मईया से पूछा था.

??

यशोमती मईया से बोले नँदलाला, राधा क्यु गौरी में क्यु काला.

भगवान कृष्ण पीताम्बर के नाम से भी जाने जाते है. शिल्पकार ने भगवान कृष्ण की मूर्त में जो पीताम्बर वस्त्र पहनाया है. वह सोने पे सुहागा का कार्य कर रहा है.

उनके सिर के ताज पर अनेक रंग सुशोभित है. जो उनकी खूबसूरती पर चार चाँद लगा रहे है. वही जीवन जीने की कला को दर्शाते है.

वह रंग दर्शाते है. हमारे जीवन में सुख ही सुख है. परंतु हम दुख को अपना साथी मानकर बैठे है.

हाँ हमें भगवान कृष्ण को निहारते समय एक उलझन पैदा हो रही है.

उनके शरीर के आभूषण. जिन्हें भगवान कृष्ण ने स्वयं हमें दिय है.

वह इन भौतिक पदार्थों का, मनकों का क्या करेंगे. यह हमारी समझ से परे है.

हमारी सूक्ष्म दृष्टि से यही भगवान कृष्ण का रूप उभर कर सामने आ रहा है.

वह भाव के भूखे है. सनद रहे. जो एक मुट्ठी चावल से तीन लोक देने के लिय तत्पर है, अपने मित्र सुदामा और गांववासीयों के लिय. वह हमारे मानकों और धन के भूखे है. वह सिर्फ भाव के भूखे है.

यदि आपको एक रुपया भी दान देना है. तो ना जाने कितने प्रतिशत लोगों के पास खाने को नहीं है. आप उनकी ढाल बनिए. स्वयं हमारे प्रभु श्री कृष्ण आपके सम्मुख होंगे.

जय श्री कृष्णा हरे हरे.

एम एस एन विचार

जब भी भगवान कृष्ण को निहारता हूँ. यही अहसास होता है. वह हमसे बातचीत करना चाहते है.

उनके चेहरे की बताती है. चिंता मत कर सब अच्छा होगा. तू मेरी शरण में आ चुका है. अब तुझे व्यर्थ की चिंता नहीं करनी चाहिए.

इसीलिए अब हम सदेव प्रसन्नचित रहते है. कभी धीरे तो कभी ऊंचे स्वर में कहते है.

जय श्री कृष्णा

कृष्णा कृष्णा हरे हरे

गोली से भी तेज चलती है, कलम

जनहित मे जारी

मान सिंह नेगी

स्वयं परिवर्तनशील

www.ingramcontent.com/pod-product-compliance
Lightning Source LLC
LaVergne TN
LVHW041546060526
838200LV00037B/1170
9781648053177